句集
声

KOE
Kanae Mori

森　加名恵

文學の森

句集　声＊目次

装丁　笠井亞子

句集　声

春の雪

平成二十年〜二十二年

帰り花今日といふ日を懸命に

木枯や我が家に明かりついてゐる

綿虫や辺りに妣の居る気配
来し方に社員手帳や年歩む

子を連れて母の雑煮を食べに来る

雑煮食ぶ子より貰ひし夫婦箸

幼子の首の出て居る炬燵かな

幼子の鏡文字や春隣

ボランティア買つていでたる梅日和

母の忌を過ぎて父の忌沈丁花

我に似し娘の口調冴え返る
春日を射止めて那須与一像

図書館に自転車数多水温む

囀りや野外に据ゑし譜面台

春耕の傍に二つの紙袋

春嵐我を揺らして収まれり

九尾の狐楤の芽を手折らする

麦秋やトタンづくりの停留所

郭公や花壇づくりに余念なく
黒髪の乙女が二人浴衣選る

みどりごに追はれ隠るる夏の蝶
囮鮎生簀に酸素送られて

鮎釣りの水の匂ひを纏ふまで

六月の体に捩子を巻きにけり

夏氷コップの中に赤子の手

夕立の通り抜けたる家路かな

父と子の足にミサンガ夏の海

葡萄棚光を縫って子が駆ける

赤ん坊あやせば森の木の実落つ
拾ひきし木の実を母に拡げけり

萩の花鉄の門扉の軋む音

秋澄むや朝を知らせる鳥の声

勾玉の命がふたつ良夜かな

障子貼る母に受け継ぐものいくつ

ショパン聴きやがて枯葉の舞ふ街へ

満天の星を見上ぐる兎かな

第一句集出版

身ほとりの手紙百通冬ぬくし

読み初めに我が句集とや畏まる

冬木の芽公園にフリーマーケット

水鳥の泳ぐか風に吹かるるか

上野の森・寒牡丹　二句

手あぶりの燠の静もり寒牡丹

身の丈の光放ちて寒牡丹

退職の一語春待つこころかな

大正の母と雛にまみえけり

涅槃西風抱へ切れざる花買つて

ときめきは事の始まり春の雪

春の雪ざぶざぶ人の歩き来る

次の夢膨らませゐる桜かな

姉がゐて妹がゐて春の旅

来し方の右往左往や蜷の道

あはあはと夢を束ねてスイートピー
一生のふらここ漕ぐに似たるかな

恋猫のひと鳴き闇を深くせり

晩霜や別れはいつも唐突に

この先の大方見えて春の鴨

薔薇の湯に浸り還暦寿げり

薫風や森に大きなケアハウス

初夏の夢の一冊時刻表

鮎釣りの考を見てゐる橋の上

火をつける男の真顔大花火

ほうたるや我が行く道の定まれり

箱根路に雲の名多し若葉冷

ホテルまたホテル川辺に花うつぎ

山法師負けじと水の白さかな

チャグチャグ馬コ鳥居を前に嘶けり

嘶きは誇りの証馬祭

眼を病みし我にナースの声涼し

ながむしや鞄鳴らして子の帰る

あぢさゐや追ひ越して追ひ越されけり

浴槽を開放したるプールかな

だらだらとゐて日曜の暑さかな

別府湾絵葉書にみる涼しさよ

十和田湖　二句

湖心へと向きし舳先の涼しかり

精悍な乙女の像や稲光

何処よりパイプオルガン星祭

小机を出して供へる西瓜かな

ぽんと肩叩かれし時星流る

鵙のこゑ路面を過る影ひとつ

百歳に労はれをり敬老日

雲切れて海と見紛ふ秋の空

栃木蔵の街　二句

船頭の唄高らかに水の秋

爽やかや船に手を振る綱手道

立冬や日暮れを急ぐ人の列

職引きし友の笑顔や干布団

禁煙の夫の灰皿年惜しむ

年詰まるフル回転のシュレッダー

冬オリオン言葉少なき人とゐる

虎落笛母泣くやうに唄ふやうに

月涼し

平成二十三年

香のもの切りて俎板始めかな

いたづらつ子身を乗り出して初写真

初みくじ忍の一文字引き当てる

不揃ひの餅に会話の弾みけり

松過ぎの縁に来てゐる雀かな

先輩は母と同齢寒見舞

新雪を踏み早々と出社せり
こんな日は詩の出来さう牡丹雪

娘待つ夫ゐてバレンタインの日

風止みてよりの青空春立ちぬ

春の夢もうひと働きすることに

雛壇に赤子のりたる写真かな

春昼や三両列車の軋みたる

三月十一日　東日本大震災　六句

春ともし父の形見のラジオ聞く

物の芽や声にならざる声出して
啓蟄や命あること喜べり

冴え返る足の踏み場のなき部屋に

安否問ふ手段にメール鳥曇

町と町繋ぐレールや桜咲く
チューリップ勉強部屋を見せらるる

末の子は課外授業派蝌蚪の紐

赴任地へ向かふ上司の春衣

次の駅尋ねられたる目借時

田に水の入りて風の生まれけり

母の日や信濃ワインを贈らるる

梅干して星は瞬き始めけり

打楽器に動き出す身や夏旺ん

空蟬のやうに我ゐる暑さかな

十薬や怠けて久しウォーキング

節電にクーラーなしの妊婦かな

子が母になりたる顔や月涼し

生れし子の名前に愛や秋灯

二人して建てたる墓を洗ひけり

秋晴れや譲り受けたる父の杖

幼子の誘ひの電話運動会

子が網にかかつてをりし運動会

橡の実を拾ひ栃木の話せり

鮭遡上斜めに頭揃ひけり

邯鄲の人恋ふやうに鳴きゐたり

残菊や父の匂ひの遠ざかる

山粧ふ話故郷に及びけり

思ひ出の色褪せて来る紅葉かな

古本屋来てゐる木の葉時雨かな

冬夕焼車窓に顔の映りたる

冬野菜たつぷり即席ラーメンに
クリスマス電飾を買ひ足してゐる

賀状書くまづ震災の事に触れ

冬麗や見渡す畠のがらんどう

冬薔薇

平成二十四年

初みくじ大事に持つて帰りけり

幼子の稚抱く写真賀状来る

蘘苞に赤の濃淡寒牡丹

凍つる夜やメール開けば稚の顔

麦の芽や暮しに欲しき小休止

日脚伸ぶ朝のドラマを欠かさずに

もう聞けぬ父の大声鬼やらひ

畦焼のけむり躱して乗用車

僅かなる陽を乗せ静か鴨の群

病む人へ二度目の手紙さくら草

春ショール私に似合ふ色はどれ

蕗の薹手に取り産地確かむる

雪柳ひんがし白み始めけり

夜更かしの明かりがふたつ花の雨

流暢な英語アナウンス目借時
お上りてふ言の葉親し諸葛菜

花屑を掬ひあげたる吹き溜まり
春愁に摑まらぬやう小走りに

薫風や翁媼の輪投げ音

傍らに翁見てゐる田草取り

また一つ介護施設やみどりさす

どの部屋もオーシャンビューや夏の潮

サーファーの柔軟体操浜ゑんどう

母の日の母に真紅の薔薇届く

いかづちやサッカー靴の紐弛ぶ

石庭に影の生まるる若楓

薔薇園に誘ひ出されし誕生日
梅捥いで引つかき傷の数多なる

行先に迷ひあるらし夏の蝶

噴水やベンチの二人に虹かかる

荒梅雨や退職前の自制心

誕生日サラダ縁取るミニトマト

海の日や負けず嫌ひの五歳の子

遠雷に急かされ腰を上げにけり

父居りし頃の家訓や落し文

鬼灯の小さき袋に大きな実

鬼灯の種を取りだす時静か

大荷物抱へて子等の盆帰省

颱風の近づいてゐる飛行便

没年は子の生まれ年素十の忌

金木犀こぼれて円を描きたる

波打てる風は紅色赤のまま

風評を聞き流しをり鰯雲

約束のやうに十月桜かな

母が顔傾げしやうな十三夜

滝壺に顔を出したる紅葉かな

秋夕焼旅の一日を彩れり

初時雨行く手にはかに日の差せり

図書館の一枚窓や冬木立

気難しさうな俳人鮟鱇鍋

子等を待つ柚子湯の柚子の転がりて
ポインセチア金糸銀糸のリボンつけ

寒禽のつつと寄り来る兼六園

トンネルと雪を交互に北陸道

笹鳴きや水の光を眩しめり

勤続

冬薔薇三十年を振り返る

帰郷

平成二十五年

初鏡つくづく母に似て来る

初風呂のまろき赤子を受け取りぬ

幼子の次々と来る初湯かな

雪女郎脱衣場にて消えにけり

枇杷の花いつもにこにこ笑つてゐる

トンネルを前に汽笛や冴え返る

畦焼の人に声かけ返さるる

物忘れしたかに梅の花真白

まんさくや芭蕉を語り紙芝居

昔はとつい口に出て春寒し

黄砂降る故郷に外出自粛令

苗代に出番待つ苗置かれあり

危ふげな低空飛行雀の子

花冷や今日一日を針仕事

北へ向くコンテナ列車春寒し

食卓を囲みし家族春の夢

人ごゑの筒抜け桜満開に

薫風や草履揃へて躙り口

胸の内明かしてゐたる四葩かな

山間に平家の栄華今年竹

夏つばめ竜宮城の門くぐる

盛岡は詩歌の街や泉湧く

雑草園庭に蛍の息衝きぬ
アカシアの花曲家の深庇

眼まで垂れし飾りや馬祭

来訪数記しあぢさゐまつり果つ

めくるめく介護の日々や走馬灯

夏休みホームにザック積まれあり

帰郷（姉妹で退職祝）　四句

湯けむりに故郷の匂ひ夏座敷

冷酒飲む四人姉妹の私だけ

学び舎のすでに整地や草紅葉

守護神は父と思ひき墓洗ふ

虫干しや夫に宛てたる父の文

父の齢越えて生きたり鰯雲

手作りの団子どつさり送り盆

また来ると言つて手を振る墓参かな

遥かなる夢の一歩や秋立てり

良く見れば大蛇のやうな南瓜かな

静かなる余生に秋の簾かな

無花果を無口な人が買つてをり

頂上は風の海原草紅葉

登山家の友は雄弁夜の長し

夕霧や行き交ふ人のみな他人

掛け声のさやか陸上部員過ぐ

片寄つてゐる弁当の栗ごはん

沖縄　姪の結婚式　三句

小春日や家族九人空の旅

三線の音色に小波秋の浜

シーサーに金運とあり買ひにけり

雁の空遠く嫁ぎしこと悔いぬ

爺と子の朝顔の鉢並べあり

栃木（龍門の滝）

嫋やかに女釜に落つる秋の滝

虫時雨二人の夜を分かちけり

ありの実や我に未完の夢ひとつ

母と同齢の先輩

白菊や自分史抱へ逝かれたる

白鳥の飛来一面記事にかな

子には子の主張ありけり鰤大根

亡き母の写真に父の懐手

難しきことは避けをり年の暮

初雪や子等より届くサンタの絵

もつ鍋をつつき熟年夫婦かな

故郷の旅の思ひ出賀状書く

子に宛てる賀状字数の増えてきし

梅の花

平成二十六年～二十七年

電車より富士を見てきし初句会

みどりごの片言家族の初笑ひ

東北　四句

東北の朝はゆつくり雪の道

雪しまき津軽三味線独奏会

銀世界雪の怖さをまだ知らず

ストーブ列車幼馴染とゐるやうな

水鳥のいよいよ丸し寒の入

喪の家の明かりの見ゆる深雪かな

スカイツリー背にして稚児の雪だるま

新聞の四コマ漫画春隣

三椏や歩道をそれて見にゆかん

丈長のひとところあり麦青む

葦焼の風に喚声上がりけり

二三日忘れし蝌蚪のバケツかな

野遊びや背をはみ出る子のリュック

目覚ましの転がつてゐる朝寝かな

花辛夷空をくすぐり始めけり

我ここに在るのが不思議月朧

転勤で去りゆく人や菊根分

芝桜信号手前の道祖神

佳き人を封じて枝垂れ桜かな

薫風や雨の上がりし石畳

若楓風来て水の煌めけり

母の日や真夜中に子のメール来る

黒揚羽木魚に釣られ出でにけり

先生の遠まなざしや夜の秋

通りよりころのかかりし端居かな

草いきれ中より蝶の飛び立てり

淋代の浜に手向けし百合の花

語部の夏炉に結ぶ「どんどはれ」

木漏れ日を揺らしてゐたる今年竹

青梅の窮屈さうに瓶の縁

香水や嫌はれ役を買つて出る

生き様のほとほと父似濃あぢさゐ

恩師・倉田紘文先生ご逝去、「蕗」終刊

さやうならその一言の五月雨るる

梅雨しとど今日は一日泣き通し

とある日の我の友達梅雨の蝶

祖父に逢ふ子の一人旅夏休み

夏つばめデイサービスの入り口に
誰となく集まる厨熱帯夜

トンネルの数を数へし帰省かな

木道の両側葦の刈られあり

葦原を囲む木道日照り雨

万国旗の紐に列なす蜻蛉かな

兄いもと共に白組運動会

声出して声にならざり後の月

紺碧の空を散らして秋の雲
虫時雨中に知らざる声ひとつ

人ごゑの中に鈴の音紅葉狩

蓑虫のニーハオ枝を降りて来し

蔦紅葉記憶の端を手繰りけり

よく喋る鳥来て秋の日のやはし

ジャングルジム上り紅葉を目の当たり

途中下車禁止の切符神の旅

我も子も一女を得たり七五三

七五三母の見立ての髪飾り

妹に兄の戯けて七五三

若き日の夢は叶はず帰り花

鮟鱇のどんぐり眼閉ぢゐたり

湯豆腐や夫婦で交はす二タ三言

ありたけの力で冬至南瓜切る

メモ帳のわが字読めざる師走かな

もう一度出直す事に冬木の芽

注連縄を張りて今年も終はるかな

明日開く数を拾うて梅の花

春光や眩しきものに鳥のこゑ

あとがき

早いもので第一句集を出版してから六年の歳月が流れました。その間退職、東日本大震災と身辺に大きな変化があり、刻々と進む世の中になぜか取り残されそうになり、第二句集を編む決心を致しました。平成二十年冬から二十七年春までの三二〇句を収めています。

句集名は、生きとし生ける物の声、即ち私自身の声でもあることから、『声』に致しました。また、第一句集『家族』の続編でもあります。天災の続く昨今、益々命の尊さと家族の必要性を痛感してやみません。近年、また大切な人を亡くしました。故郷の恩師との別れは万感胸に迫る物があり、故郷へ繋がる糸がまた一本切れたような寂しさを感じています。

そんな事もあり、やりたいことは今のうちに悔いの残らぬようにと、退職と同時に平成二十五年にシルバー大学校に入学しました（社会福祉法人「とちぎ健康福祉協会」事業部事業企画課）。高齢者の健やかで生きがいのある人生を支援し、活力ある地域社会を築くため、積極的に地域活動を実践する高齢者の方々を養成するところです。

最初の一年間は地域活動に必要な基礎知識を学習し、二年次は専門科目に「ふるさとふれあい学科」を選びました。理由の一つは、今も継続している「観光ボランティアガイド」を充実したものにしたいからです。松尾芭蕉が十三泊十四日逗留した大田原市の名所旧跡を、しっかり勉強して後輩たちに語り次いで行く責務もあります。

そして、クラブは俳句・水彩画・フラワーアレンジメントに入りました。俳句は大変人気があり、先々体が動けなくなっても、鉛筆さえあれば続けられると希望者も多いのです。

先の講師にご事情が出来たため二年前より講師を頼まれ、未熟ながら一緒に学び愉しんでおります。御蔭で沢山の仲間が出来ました。

それから、第二句集を編むにあたり、大串章主宰に選をお願いしましたところご多忙の中お引き受け下さり、無事纏める事が出来ました。只々感謝で一杯です。

また、私をここまで導いて下さった先輩と仲間の方々に感謝致します。これからも弛まず精進してまいります。

平成二十七年七月

森 加名恵

著者略歴

森　加名恵（もり・かなえ）　本名同じ

昭和25年５月生れ、大分出身
昭和47年　「蕗」入会
昭和48年　上京の為中断
平成８年　「蕗」再開
平成10年　「百鳥」入会
平成15年　「百鳥」同人
平成21年　第一句集『家族』

俳人協会会員

現住所　〒324-0047
　　　　栃木県大田原市美原3-3356-7

句集

声《こえ》

百鳥叢書第八六篇
発　行　平成二十七年八月三十日
著　者　森　加名恵
発行者　大山基利
発行所　株式会社　文學の森
〒一六九-〇〇七五
東京都新宿区高田馬場二-一-二　田島ビル八階
tel 03-5292-9188　fax 03-5292-9199
e-mail mori@bungak.com
ホームページ　http://www.bungak.com
印刷・製本　小松義彦

ISBN978-4-86438-461-2　C0292